朗読CD付き
名作文学シリーズ

朗読の時間

宮澤賢治

朗読 長岡輝子

東京書籍

朗読CD付き名作文学シリーズ
朗読の時間　宮澤賢治　目次

資料提供　林風舎

ブックデザイン　櫻井浩＋三瓶可南子（⑥Design）

朗読CD付き名作文学シリーズ

朗読の時間　宮澤賢治

朗読　長岡輝子

永訣の朝

けふのうちに
とほくへいつてしまふわたくしのいもうとよ
みぞれがふつておもてはへんにあかるいのだ
　（※あめゆじゆとてちてけんじや）
うすあかくいつそう陰惨《いんざん》な雲から

みぞれはびちよびちよふつてくる
　（あめゆじゆとてちてけんじや）
青い蓴菜《じゆんさい》のもやうのついた
これらふたつのかけた陶椀《たうわん》に
おまへがたべるあめゆきをとらうとして
わたくしはまがつたてつぽうだまのやうに
このくらいみぞれのなかに飛びだした
　（あめゆじゆとてちてけんじや）
蒼鉛《さうえん》いろの暗い雲から
みぞれはびちよびちよ沈んでくる

ああとし子
死ぬといふいまごろになつて
わたくしをいつしやうあかるくするために
こんなさつぱりした雪のひとわんを
おまへはわたくしにたのんだのだ
ありがたうわたくしのけなげないもうとよ
わたくしもまつすぐにすすんでいくから
（あめゆじゆとてちてけんじや）
はげしいはげしい熱やあへぎのあひだから
おまへはわたくしにたのんだのだ

銀河や太陽　気圏などとよばれたせかいの
そらからおちた雪のさいごのひとわんを……
……ふたきれのみかげせきざいに
みぞれはさびしくたまつてゐる
わたくしはそのうへにあぶなくたち
雪と水とのまつしろな二《に》相系《さうけい》をたもち
すきとほるつめたい雫にみちた
このつややかな松のえだから
わたくしのやさしいいもうとの
さいごのたべものをもらつていかう

わたしたちがいつしよにそだつてきたあひだ
みなれたちやわんのこの藍のもやうにも
もうけふおまへはわかれてしまふ
※(Ora Orade Shitori egumo)
ほんたうにけふおまへはわかれてしまふ
あああのとざされた病室の
くらいびやうぶやかやのなかに
やさしくあをじろく燃えてゐる
わたくしのけなげないもうとよ
この雪はどこをえらばうにも

あんまりどこもまつしろなのだ
あんなおそろしいみだれたそらから
このうつくしい雪がきたのだ
　（※うまれでくるたて
　　こんどはこたにわりやのごとばかりで
　　くるしまなあよにうまれてくる）
おまへがたべるこのふたわんのゆきに
わたくしはいまこころからいのる
どうかこれが天上のアイスクリームになつて
おまへとみんなとに聖い資糧をもたらすやうに

わたくしのすべてのさいはひをかけてねがふ

注
※あめゆきとつてきてください
※あたしはあたしでひとりいきます
※またひとにうまれてくるときは
　こんなにじぶんのことばかりで
　くるしまないやうにうまれてきます

無声慟哭

こんなにみんなにみまもられながら
おまへはまだここでくるしまなければならないか
ああ巨きな信のちからからことさらにはなれ
また純粋やちひさな徳性のかずをうしなひ
わたくしが青ぐらい修羅をあるいてゐるとき

おまへはじぶんにさだめられたみちを
ひとりさびしく往かうとするか
信仰を一つにするたつたひとりのみちづれのわたくしが
あかるくつめたい精進《しやうじん》のみちからかなしくつかれてゐて
毒草や蛍光菌のくらい野原をただよふとき
おまへはひとりどこへ行かうとするのだ
（※おら　おかないふうしてらべ）
何といふあきらめたやうな悲痛なわらひやうをしながら
またわたくしのどんなちひさな表情も
けつして見遁さないやうにしながら

おまへはけなげに母に訊《き》くのだ
（うんにや　ずゐぶん立派だぢやい
　けふはほんとに立派だぢやい）
ほんたうにさうだ
髪だつていつそうくろいし
まるでこどもの苹果の頬だ
どうかきれいな頬をして
あたらしく天にうまれてくれ
《※それでもからだくさえがべ？》
《うんにや　いつかう》

ほんたうにそんなことはない
かへつてここはなつののはらの
ちひさな白い花の匂でいつぱいだから
ただわたくしはそれをいま言へないのだ
　（わたくしは修羅をあるいてゐるのだから）
わたくしのかなしさうな眼をしてゐるのは
わたくしのふたつのこころをみつめてゐるためだ
ああそんなに
かなしく眼をそらしてはいけない

注
※あたしこはいふうをしてるでせう
※それでもわるいにほひでせう

曠原淑女

日ざしがほのかに降ってくれば
またうらぶれの風も吹く
にはとこやぶのうしろから
二人のをんながのぼって来る
けらを着　粗い縄をまとひ

萱草の花のやうにわらひながら
ゆつくりふたりがすすんでくる
その蓋のついた小さな手桶は
今日ははたけへのみ水を入れて来たのだ
今日でない日は青いつるつるの蓴菜《じゆんさい》を入れ
欠けた朱塗の椀をうかべて
朝の爽かなうちに町へ売りにも来たりする
鍬《くわ》を二《に》梃《ちやう》たゞしくけらにしばりつけてゐるので
曠原の淑女よ
あなたがたはウクライナの

舞手のやうに見える
……風よたのしいおまへのことばを
もっとはっきり
この人たちにきこえるやうに云ってくれ
……

雨ニモマケズ

雨ニモマケズ
風ニモマケズ
雪ニモ夏ノ暑サニモマケヌ
丈夫ナカラダヲモチ
慾ハナク

決シテ瞋ラズ
イツモシヅカニワラッテヰル
一日ニ玄米四合ト
味噌ト少シノ野菜ヲタベ
アラユルコトヲ
ジブンヲカンヂャウニ入レズニ
ヨクミキキシワカリ
ソシテワスレズ
野原ノ松ノ林ノ蔭ノ
小サナ萓ブキノ小屋ニヰテ

東ニ病気ノコドモアレバ
行ッテ看病シテヤリ
西ニツカレタ母アレバ
行ッテソノ稲ノ束ヲ負ヒ
南ニ死ニサウナ人アレバ
行ッテコハガラナクテモイヽトイヒ
北ニケンクヮヤソショウガアレバ
ツマラナイカラヤメロトイヒ
ヒデリノトキハナミダヲナガシ
サムサノナツハオロオロアルキ

ミンナニデクノボートヨバレ
ホメラレモセズ
クニモサレズ
サウイフモノニ
ワタシハナリタイ

注文の多い料理店

二人の若い紳士が、すっかりイギリスの兵隊のかたちをして、ぴかぴかする鉄砲をかついで、白熊《しろくま》のような犬を二疋《ひき》つれて、だいぶ山奥の、木の葉のかさかさしたとこを、こんなことを云《い》いながら、あるいておりました。

「ぜんたい、ここらの山は怪《け》しからんね。鳥も獣も一疋も居やがらん。なんでも構わないから、早くタンタアーンと、やって見たいもんだなあ」

「鹿《しか》の黄いろな横っ腹なんぞに、二三発お見舞《みまい》もうしたら、ずいぶん痛快だろうねえ。くるくるまわって、それからどたっと倒れるだろうねえ」

それはだいぶの山奥でした。案内してきた専門の鉄砲打ちも、ちょっとまごついて、どこかへ行ってしまったくらいの山奥でした。

それに、あんまり山が物凄《ものすご》いので、その白熊のような犬が、二疋いっしょにめまいを起して、しばらく吠《うな》って、それから泡を吐いて死んでしまいました。

「じつにぼくは、二千四百円の損害だ」と一人の紳士が、その犬の眼《ま》ぶたを、ちょっとかえしてみて言いました。

「ぼくは二千八百円の損害だ」と、もひとりが、くやしそうに、あたまをまげて言いました。

はじめの紳士は、すこし顔いろを悪くして、じっと、もひとりの紳士の、顔つきを見ながら云いました。

「ぼくはもう戻ろうとおもう」

「さあ、ぼくもちょうど寒くはなったし腹は空《す》いてきたし戻ろうとおもう」

「そいじゃ、これで切りあげよう。なあに戻りに、昨日の宿屋で、山鳥を拾円も買って帰ればいい」

「兎《うさぎ》もでていたねえ。そうすれば結局おんなじこった。では帰ろうじゃないか」

ところがどうも困ったことは、どっちへ行けば戻れるのか、いっこう見当がつかなくなっていました。

風がどうと吹いてきて、草はざわざわ、木の葉はかさかさ、木はごとんごとんと鳴りました。

「どうも腹が空いた。さっきから横っ腹が痛くてたまらないんだ」

「ぼくもそうだ。もうあんまりあるきたくないな」

「あるきたくないよ。ああ困ったなあ、何かたべたいなあ」

「喰べたいもんだなあ」

二人の紳士は、ざわざわ鳴るすすきの中で、こんなことを云いました。

その時ふとうしろを見ますと、立派な一軒の西洋造りの家がありました。

そして玄関には

RESTAURANT
西洋料理店
WILDCAT HOUSE
山　猫　軒

という札がでていました。

「君、ちょうどいい。ここはこれでなかなか開けてるんだ。入ろうじゃないか」

「おや、こんなとこにおかしいね。しかしとにかく何か食事ができるんだろう」

「もちろんできるさ。看板にそう書いてあるじゃないか」

「はいろうじゃないか。ぼくはもう何か喰べたくて倒れそうなんだ」

二人は玄関に立ちました。玄関は白い瀬戸の煉瓦《れんが》で組んで、実に立派なもんです。

そして硝子《がらす》の開き戸がたって、そこに金文字でこう書いてありました。

「どなたもどうかお入りください。決してご遠慮はありません」

二人はそこで、ひどくよろこんで言いました。

「こいつはどうだ、やっぱり世の中はうまくできてるねえ、きょう一日なんぎしたけれど、こんどはこんないいこともある。このうちは料理店だけれどもただでご馳走《ちそう》するんだぜ」

「どうもそうらしい。決してご遠慮はありませんというのはその意味だ」

二人は戸を押して、なかへ入りました。そこはすぐ廊下になっていました。

その硝子戸の裏側には、金文字でこうなっていました。

「ことに肥《ふと》ったお方や若いお方は、大歓迎いたします」

二人は大歓迎というので、もう大よろこびです。

「君、ぼくらは大歓迎にあたっているのだ」

「ぼくらは両方兼ねてるから」

ずんずん廊下を進んで行きますと、こんどは水いろのペンキ塗りの扉《と》がありました。

「どうも変な家《うち》だ。どうしてこんなにたくさん戸があるのだろう」

「これはロシア式だ。寒いとこや山の中はみんなこうさ」

そして二人はその扉をあけようとしますと、上に黄いろな字でこう書いてありました。

「当軒は注文の多い料理店ですからどうかそこはご承知ください」

「なかなかはやってるんだ。こんな山の中で」

「それあそうだ。見たまえ、東京の大きな料理屋だって大通りにはすくないだろう」

二人は云いながら、その扉をあけました。するとその裏側に、

「注文はずいぶん多いでしょうがどうか一々こらえて下さい」

「これはぜんたいどういうんだ」ひとりの紳士は顔をしかめました。

「うん、これはきっと注文があまり多くて支度が手間取るけれどもごめん下さいと斯《こ》ういうことだ」

「そうだろう。早くどこか室《へや》の中にはいりたいもんだな」

「そしてテーブルに座りたいもんだな」

ところがどうもうるさいことは、また扉《と》が一つありました。そしてそのわきに鏡がかかって、その下には長い柄のついたブラシが置いてあったのです。

扉には赤い字で、

「お客さまがた、ここで髪をきちんとして、それからはきものの泥を落してください」

と書いてありました。

「これはどうも尤《もっと》もだ。僕もさっき玄関で、山のなかだとおもって見くびったんだよ」

「作法の厳しい家《うち》だ。きっとよほど偉い人たちが、たびたび来るんだ」

そこで二人は、きれいに髪をけずって、靴の泥を落しました。

そしたら、どうです。ブラシを板の上に置くや否や、そいつがぼうっとかすんで無くなって、風がどうっと室の中に入ってきました。

二人はびっくりして、互《たがい》によりそって、扉をがたんと開けて、次の室へ入って行きました。早く何か暖いものでもたべて、元気をつけて置かないと、もう途方もないことになってしまうと、二人とも思ったのでした。

扉の内側に、また変なことが書いてありました。

「鉄砲と弾丸《たま》をここへ置いてください」

見るとすぐ横に黒い台がありました。

「なるほど、鉄砲を持ってものを食うという法はない」

「いや、よほど偉いひとが始終来ているんだ」

二人は鉄砲をはずし、帯皮を解いて、それを台の上に置きました。

また黒い扉がありました。

「どうか帽子と外套《がいとう》と靴をおとり下さい」

「どうだ、とるか」

「仕方ない、とろう。たしかによっぽどえらいひとなんだ。奥に来ているのは」

二人は帽子とオーバーコートを釘《くぎ》にかけ、靴をぬいでぺたぺたあるいて扉の中にはいりました。

扉の裏側には、

「ネクタイピン、カフスボタン、眼鏡《めがね》、財布、その他金物類、ことに尖《とが》ったものは、みんなここに置いてください」

と書いてありました。扉のすぐ横には黒塗りの立派な金庫も、ちゃんと口を開けて置いてありました。鍵《かぎ》まで添えてあったのです。

「ははあ、何かの料理に電気をつかうと見えるね。金気《かなけ》のものはあぶない。ことに尖《とが》ったものはあぶないと斯《こ》う云うんだろう」

「そうだろう。して見ると勘定は帰りにここで払うのだろうか」

「どうもそうらしい」

「そうだ。きっと」

二人はめがねをはずしたり、カフスボタンをとったり、みんな金庫の中に入れて、ぱちんと錠をかけました。

すこし行きますとまた扉《と》があって、その前に硝子《がらす》の壺《つぼ》が一つありました。扉には斯《こ》う書いてありました。

「壺のなかのクリームを顔や手足にすっかり塗ってください」

みるとたしかに壺のなかのものは牛乳のクリームでした。

「クリームをぬれというのはどういうんだ」

「これはね、外がひじょうに寒いだろう。室《へや》のなかがあんまり暖いとひびがきれるから、その予防なんだ。どうも奥には、よほどえらいひとがきている。こんなとこで、案外ぼくらは、貴族とちかづきになるかも知れないよ」

二人は壺のクリームを、顔に塗って手に塗ってそれから靴下をぬいで足に塗りました。それでもまだ残っていましたから、それは二人ともめいめいこっそり顔へ塗るふりをしながら喰べました。

それから大急ぎで扉をあけますと、その裏側には、

「クリームをよく塗りましたか、耳にもよく塗りましたか」

と書いてあって、ちいさなクリームの壺がここにも置いてありました。

「そうそう、ぼくは耳には塗らなかった。あぶなく耳にひびを切らすとこだった。ここの主人はじつに用意周到だね」

「ああ、細かいとこまでよく気がつくよ。ところでぼくは早く何か喰べたいんだが、どうも斯《こ》うどこまでも廊下じゃ仕方ないね」

するとすぐその前に次の戸がありました。

「料理はもうすぐできます。

十五分とお待たせはいたしません。

すぐたべられます。

早くあなたの頭に瓶《びん》の中の香水をよく振りかけてください」

そして戸の前には金ピカの香水の瓶が置いてありました。

二人はその香水を、頭へぱちゃぱちゃ振りかけました。

ところがその香水は、どうも酢のような匂《におい》がするのでした。

「この香水はへんに酢くさい。どうしたんだろう」

「まちがえたんだ。下女が風邪《かぜ》でも引いてまちがえて入れたんだ」

二人は扉をあけて中に入りました。

扉の裏側には、大きな字で斯《こ》う書いてありました。

「いろいろ注文が多くてうるさかったでしょう。お気の毒でした。

もうこれだけです。どうかからだ中に、壺《つぼ》の中の塩をたくさん

よくもみ込んでください」

なるほど立派な青い瀬戸の塩壺は置いてありましたが、こんどというこんど

は二人ともぎょっとしてお互にクリームをたくさん塗った顔を見合せました。

「どうもおかしいぜ」

「ぼくもおかしいとおもう」

「沢山《たくさん》の注文というのは、向うがこっちへ注文してるんだよ」

「だからさ、西洋料理店というのは、ぼくの考えるところでは、西洋料理を、来た人にたべさせるのではなくて、来た人を西洋料理にして、食べてやる家《うち》とこういうことなんだ。これは、その、つ、つ、つ、つまり、ぼ、ぼ、ぼくらが……」がたがたがたがた、ふるえだしてもうものが言えませんでした。

「その、ぼ、ぼくらが、……うわあ」がたがたがたがたふるえだして、もうものが言えませんでした。

「遁《に》げ……」がたがたしながら一人の紳士はうしろの戸を押そうとしましたが、どうです、戸はもう一分《いちぶ》も動きませんでした。

奥の方にはまだ一枚扉があって、大きなかぎ穴が二つつき、銀いろのホークとナイフの形が切りだしてあって、

「いや、わざわざご苦労です。

大へん結構にできました。

さあさあおなかにおはいりください」

と書いてありました。おまけにかぎ穴からはきょろきょろ二つの青い眼玉《めだま》がこっちをのぞいています。

「うわあ」がたがたがたがた。

「うわあ」がたがたがたがた。

ふたりは泣き出しました。

すると戸の中では、こそこそこんなことを云っています。

「だめだよ。もう気がついたよ。塩をもみこまないようだよ」

「あたりまえさ。親分の書きようがまずいんだ。あすこへ、いろいろ注文が多くてうるさかったでしょう、お気の毒でしたなんて、間抜けたことを書いたもんだ」

「どっちでもいいよ。どうせぼくらには、骨も分けて呉《く》れやしないんだ」

「それはそうだ。けれどももしここへあいつらがはいって来なかったら、それはぼくらの責任だぜ」

「呼ぼうか、呼ぼう。おい、お客さん方、早くいらっしゃい。いらっしゃい。いらっしゃい。お皿《さら》も洗ってありますし、菜っ葉ももうよく塩でもんで置きました。あとはあなたがたと、菜っ葉をうまくとりあわせて、まっ白なお皿にのせる丈《だ》けです。はやくいらっしゃい」

「へい、いらっしゃい、いらっしゃい。それともサラドはお嫌いですか。そんならこれから火を起してフライにしてあげましょうか。とにかくはやくいらっしゃい」

二人はあんまり心を痛めたために、顔がまるでくしゃくしゃの紙屑《かみくず》のようになり、お互にその顔を見合せ、ぶるぶるふるえ、声もなく泣きました。

中ではふっふっとわらってまた叫んでいます。

「いらっしゃい、いらっしゃい。そんなに泣いては折角《せっかく》のクリームが流れるじゃありませんか。へい、ただいま。じきもってまいります。さあ、早くいらっしゃい」

「早くいらっしゃい。親方がもうナフキンをかけて、ナイフをもって、舌なめずりして、お客さま方を待っていられます」

二人は泣いて泣いて泣いて泣いて泣きました。

そのときうしろからいきなり、

「わん、わん、ぐわあ」という声がして、あの白熊《しろくま》のような犬が二疋《ひき》、扉《と》をつきやぶって室《へや》の中に飛び込んできました。鍵穴《かぎあな》の眼玉はたちまちなくなり、犬どもはううとうなってしばらく室の中をくるくる廻っていましたが、また一声「わん」と高く吠《ほ》えて、いきなり次の扉に飛びつきました。戸はがたりとひらき、犬どもは吸い込まれるように飛んで行きました。

その扉の向うのまっくらやみのなかで、

「にゃあお。くわあ、ごろごろ」という声がして、それからがさがさ鳴りました。

室はけむりのように消え、二人は寒さにぶるぶるふるえて、草の中に立っていました。

見ると、上着や靴や財布やネクタイピンは、あっちの枝にぶらさがったり、こっちの根もとにちらばったりしています。風がどうと吹いてきて、草はざわざわ、木の葉はかさかさ、木はごとんごとんと鳴りました。

犬がふうとうなって戻ってきました。

そしてうしろからは、

「旦那《だんな》あ、旦那あ」と叫ぶものがあります。

二人は俄《にわ》かに元気がついて

「おおい、おおい、ここだぞ、早く来い」と叫びました。

簑帽子《みのぼうし》をかぶった専門の猟師が、草をざわざわ分けてやってきました。

そこで二人はやっと安心しました。

そして猟師のもってきた団子をたべ、途中で十円だけ山鳥を買って東京に帰りました。

しかし、さっき一ぺん紙くずのようになった二人の顔だけは、東京に帰っても、お湯にはいっても、もうもとのとおりになおりませんでした。

雪渡り

その一（小狐《こぎつね》の紺三郎《こんざぶろう》）

雪がすっかり凍って大理石よりも堅《かた》くなり、空も冷たい滑らかな青い石の板で出来ているらしいのです。

「堅雪《かたゆき》かんこ、しみ雪しんこ」

お日様がまっ白に燃えて百合《ゆり》の匂《におい》を撒《ま》きちらし又雪をぎらぎら照らしました。

木なんかみんなザラメを掛けたように霜でぴかぴかしています。

「堅雪かんこ、凍《し》み雪しんこ」

四郎とかん子とは小さな雪沓《ゆきぐつ》をはいてキックキックキック、野原に出ました。

こんな面白い日が、またとあるでしょうか。いつもは歩けない黍《きび》の畑の中でも、すすきで一杯だった野原の上でも、すきな方へどこ迄《まで》でも行けるのです。平らなことはまるで一枚の板です。そしてそれが沢山の小さな小さな鏡のようにキラキラキラキラ光るのです。

「堅雪かんこ、凍《し》み雪しんこ」

二人は森の近くまで来ました。大きな柏《かしわ》の木は枝も埋《うず》まるくらい立派な透きとおった氷柱《つらら》を下げて重そうに身体《からだ》を曲げて居《お》りました。

「堅雪かんこ、凍み雪しんこ。狐《きつね》の子ぁ、嫁《よめ》ぃほしい、ほしい」と二人は森へ向いて高く叫びました。

しばらくしいんとしましたので二人はも一度叫ぼうとして息をのみこんだとき森の中から

「凍み雪しんしん、堅雪かんかん」と云《い》いながら、キシリキシリ雪をふんで白い狐の子が出て来ました。

四郎は少しぎょっとしてかん子をうしろにかばって、しっかり足をふんばって叫びました。

「狐こんこん白狐、お嫁ほしけりゃ、とってやろよ」

すると狐がまだまるで小さいくせに銀の針のようなおひげをピンと一つひねって云いました。

「四郎はしんこ、かん子はかんこ、おらはお嫁はいらないよ」

四郎が笑って云いました。

「狐こんこん、狐の子、お嫁がいらなきゃ餅《もち》やろか」

すると狐の子も頭を二つ三つ振って面白そうに云いました。

「四郎はしんこ、かん子はかんこ、黍《きび》の団子をおれやろか」

かん子もあんまり面白いので四郎のうしろにかくれたままそっと歌いました。

「狐こんこん狐の子、狐の団子は兎《うさ》のくそ」

すると小狐紺三郎が笑って云いました。

「いいえ、決してそんなことはありません。あなた方のような立派なお方が兎《うさぎ》の茶色の団子なんか召しあがるもんですか。私らは全体いままで人をだますなんてあんまりむじつの罪をきせられていたのです」

四郎がおどろいて尋ねました。

「そいじゃきつねが人をだますなんて偽《うそ》かしら」

紺三郎が熱心に云いました。

「偽ですとも。けだし最もひどい偽です。だまされたという人は大抵お酒に酔ったり、臆病でくるくるしたりした人です。面白いですよ。甚兵衛《じんべえ》さんがこの前、月夜の晩私たちのお家《うち》の前に坐って一晩じょうるりをやりましたよ。私らはみんな出て見たのです」

四郎が叫びました。

「甚兵衛さんならじょうるりじゃないや。きっと浪花《なにわ》ぶしだぜ」

子狐紺三郎はなるほどという顔をして、

「ええ、そうかもしれません。とにかくお団子をおあがりなさい。私のさしあげるのは、ちゃんと私が畑を作って播《ま》いて草をとって刈って叩《たた》いて粉にして練ってむしてお砂糖をかけたのです。いかがですか。一皿さしあげましょう」

と云いました。

と四郎が笑って、

「紺三郎さん、僕らは丁度いまね、お餅《もち》をたべて来たんだからおなかが減らないんだよ。この次におよばれしようか」

子狐の紺三郎が嬉《うれ》しがってみじかい腕をばたばたして云いました。

「そうですか。そんなら今度幻燈会のときさしあげましょう。幻燈会にはきっといらっしゃい。この次の雪の凍った月夜の晩です。八時からはじめますから、入場券をあげて置きましょう。何枚あげましょうか」

「そんなら五枚お呉《く》れ」と四郎が云いました。

「五枚ですか。あなた方が二枚にあとの三枚はどなたですか」と紺三郎が云いました。

「兄さんたちだ」と四郎が答えますと、

「兄さんたちは十一歳以下ですか」と紺三郎が又尋ねました。

「いや小兄《ちいにい》さんは四年生だからね、八つの四つで十二歳」と四郎が云いました。

すると紺三郎は尤《もっと》もらしく又おひげを一つひねって云いました。

「それでは残念ですが兄さんたちはお断わりです。あなた方だけいらっしゃい。特別席をとって置きますから、面白いんですよ。幻燈は第一が『お酒をのむべからず』これはあなたの村の太右衛門《たえもん》さんと、清作さんがお酒をのんでとうとう目がくらんで野原にあるへんてこなおまんじゅうや、おそばを喰べようとした所です。私も写真の中にうつっています。第二が『わなに注意せよ』これは私共のこん兵衛《べえ》が野原でわなにかかったのを画《か》いたのです。絵です。写真ではありません。第三が『火を軽べつすべからず』これは私共のこん助があなたのお家《うち》へ行って尻尾《しっぽ》を焼いた景色です。ぜひおいで下さい」

二人は悦《よろこ》んでうなずきました。

狐は可笑《おか》しそうに口を曲げて、キックキックトントンキックキックトントンと足ぶみをはじめてしっぽと頭を振ってしばらく考えていましたがやっと思いついたらしく、両手を振って調子をとりながら歌いはじめました。

「凍《し》み雪しんこ、堅雪かんこ、

　野原のまんじゅうはポッポッポ。

酔ってひょろひょろ太右衛門《たえもん》が、

　去年、三十八、たべた。

凍み雪しんこ、堅雪かんこ、
　野原のおそばはホッホッホ。
酔ってひょろひょろ清作が、
　去年十三ばいたべた」

四郎もかん子もすっかり釣り込まれてもう狐と一緒に踊っています。

キック、キック、トントン。キック、キック、トントン。キック、キック、キック、キック、トントントン。

四郎が歌いました。

「狐《きつね》こんこん狐の子、去年狐のこん兵衛《べえ》が、ひだりの足をわなに入れ、こんこんばたばたこんこんこん」

かん子が歌いました。

「狐こんこん狐の子、去年狐のこん助が、焼いた魚を取ろとしておしりに火がつききゃんきゃんきゃん」

キック、キック、トントン。キック、キック、トントン。キック、キック、キック、キックトントントントン。

そして三人は踊りながらだんだん林の中にはいって行きました。赤い封蝋《ふうろう》細工のほおの木の芽が、風に吹かれてピッカリピッカリと光り、林の中の雪には藍《あい》色の木の影がいちめん網になって落ちて日光のあたる所には銀の百合《ゆり》が咲いたように見えました。

すると子狐紺三郎が云いました。

「鹿《しか》の子もよびましょうか。鹿の子はそりゃ笛がうまいんですよ」

四郎とかん子とは手を叩《たた》いてよろこびました。そこで三人は一緒に叫びました。

「堅雪かんこ、凍《し》み雪しんこ、鹿の子ぁ嫁ぃほしいほしい」

すると向うで、

「北風ぴいぴい風三郎、西風どうどう又三郎」と細いいい声がしました。

狐の子の紺三郎がいかにもばかにしたように、口を尖《とが》らして云いました。

「あれは鹿の子です。あいつは臆病ですからとてもこっちへ来そうにありません。けれどもう一遍叫んでみましょうか」

そこで三人は又叫びました。

「堅雪かんこ、凍《し》み雪しんこ、しかの子ぁ嫁《よめい》ほしい、ほしい」

すると今度はずうっと遠くで風の音か笛の声か、又は鹿の子の歌かこんなように聞えました。

「北風ぴいぴい、かんこかんこ
　西風どうどう、どっこどっこ」

狐が又ひげをひねって云いました。

「雪が柔らかになるといけませんからもうお帰りなさい。今度月夜に雪が凍ったらきっとおいで下さい。さっきの幻燈をやりますから」
そこで四郎とかん子とは
「堅雪かんこ、凍み雪しんこ」と歌いながら銀の雪を渡っておうちへ帰りました。
「堅雪かんこ、凍み雪しんこ」

その二（狐小学校の幻燈会）

青白い大きな十五夜のお月様がしずかに氷《ひ》の上山《かみ》から登りました。
雪はチカチカ青く光り、そして今日も寒水石《かんすいせき》のように堅く凍りました。
四郎は狐の紺三郎との約束を思い出して妹のかん子にそっと云いました。
「今夜狐の幻燈会なんだね。行こうか」
するとかん子は、
「行きましょう。行きましょう。狐こんこん狐の子、こんこん狐の紺三郎」と
はねあがって高く叫んでしまいました。
すると二番目の兄さんの二郎が

「お前たちは狐のとこへ遊びに行くのかい。僕も行きたいな」と云いました。

四郎は困ってしまって肩をすくめて云いました。

「大兄《おおにい》さん。だって、狐の幻燈会は十一歳までですよ、入場券に書いてあるんだもの」

二郎が云いました。

「どれ、ちょっとお見せ、ははあ、学校生徒の父兄にあらずして十二歳以上の来賓は入場をお断わり申し候《そろ》、狐なんて仲々うまくやってるね。僕はいけないんだね。仕方ないや。お前たち行くんならお餅《もち》を持って行っておやりよ。そら、この鏡餅がいいだろう」

四郎とかん子はそこで小さな雪沓《ゆきぐつ》をはいてお餅をかついで外に出ました。

兄弟の一郎二郎三郎は戸口に並んで立って、

「行っておいで。大人の狐にあったら急いで目をつぶるんだよ。そら僕ら囃《はや》してやろうか。堅雪かんこ、凍《し》み雪しんこ、狐の子ぁ嫁ぃほしいほしい」と叫びました。

お月様は空に高く登り森は青白いけむりに包まれています。二人はもうその森の入口に来ました。

すると胸にどんぐりのきしょうをつけた白い小さな狐の子が立って居て云いました。

「今晩は。お早うございます。入場券はお持ちですか」

「持っています」二人はそれを出しました。

「さあ、どうぞあちらへ」狐の子が尤《もっと》もらしくからだを曲げて眼をパチパチしながら林の奥を手で教えました。

林の中には月の光が青い棒を何本も斜めに投げ込んだように射《さ》して居《お》りました。その中のあき地に二人は来ました。

見るともう狐の学校生徒が沢山集って栗《くり》の皮をぶっつけ合ったりすもうをとったり殊におかしいのは小さな小さな鼠《ねずみ》位の狐の子が大きな子供の狐の肩車に乗ってお星様を取ろうとしているのです。

みんなの前の木の枝に白い一枚の敷布がさがっていました。

不意にうしろで

「今晩は、よくおいででした。先日は失礼いたしました」という声がしますので四郎とかん子とはびっくりして振り向いて見ると紺三郎です。

紺三郎なんかまるで立派な燕尾服《えんびふく》を着て水仙《すいせん》の花を胸につけてまっ白なはんけちでしきりにその尖《とが》ったお口を拭《ふ》いているのです。

四郎は一寸《ちよつと》お辞儀をして云いました。

「この間は失敬。それから今晩はありがとう。このお餅をみなさんであがって下さい」

狐の学校生徒はみんなこっちを見ています。

紺三郎は胸を一杯に張ってすまして餅《もち》を受けとりました。

「これはどうもおみやげを戴《いただ》いて済みません。どうかごゆるりとなすって下さい。もうすぐ幻燈もはじまります。私は一寸失礼いたします」

紺三郎はお餅を持って向うへ行きました。

狐の学校生徒は声をそろえて叫びました。

「堅雪かんこ、凍《し》み雪しんこ、硬《かた》いお餅はかったらこ、白いお餅はべったらこ」

幕の横に、

「寄贈、お餅沢山、人の四郎氏、人のかん子氏」と大きな札が出ました。狐の生徒は悦《よろこ》んで手をパチパチ叩《たた》きました。

その時ピーと笛が鳴りました。

紺三郎がエヘンエヘンとせきばらいをしながら幕の横から出て来て丁寧にお辞儀をしました。みんなはしんとなりました。

「今夜は美しい天気です。お月様はまるで真珠のお皿です。お星さまは野原の露がキラキラ固まったようです。さて只今《ただいま》から幻燈会をやります。みなさんは瞬《またたき》やくしゃみをしないで目をまんまろに開いて見ていて下さい。

それから今夜は大切な二人のお客さまがありますからどなたも静かにしないといけません。決してそっちの方へ栗《くり》の皮を投げたりしてはなりません。開会の辞です」

みんな悦んでパチパチ手を叩きました。そして四郎がかん子にそっと云いました。

「紺三郎さんはうまいんだね」

笛がピーと鳴りました。

『お酒をのむべからず』大きな字が幕にうつりました。そしてそれが消えて写真がうつりました。一人のお酒に酔った人間のおじいさんが何かおかしな円いものをつかんでいる景色です。

みんなは足ぶみをして歌いました。

キックキックトントンキックキックトントン

凍《し》み雪しんこ、堅雪かんこ、

　　野原のまんじゅうはぽっぽっぽ

酔ってひょろひょろ太右衛門《たえもん》が

　　去年、三十八たべた。

キックキックキックキックトントントン

写真が消えました。四郎はそっとかん子に云いました。

「あの歌は紺三郎さんのだよ」

別に写真がうつりました。一人のお酒に酔った若い者がほおの木の葉でこしらえたお椀《わん》のようなものに顔をつっ込んで何か喰べています。紺三郎が白い袴《はかま》をはいて向うで見ているけしきです。

みんなは足踏みをして歌いました。

キックキックトントン、キックキック、トントン、

凍《し》み雪しんこ、堅雪かんこ、

　野原のおそばはぽっぽっぽ、

酔ってひょろひょろ清作が

　去年十三ばい喰べた。

キック、キック、キック、キック、トン、トン、トン。

写真が消えて一寸《ちょっと》やすみになりました。

可愛らしい狐《きつね》の女の子が黍団子《きびだんご》をのせたお皿を二つ持って来ました。

四郎はすっかり弱ってしまいました。なぜってたった今太右衛門《たえもん》と清作との悪いものを知らないで喰べたのを見ているのですから。

それに狐の学校生徒がみんなこっちを向いて「食うだろうか。ね。食うだろうか」なんてひそひそ話し合っているのです。かん子ははずかしくてお皿を手に持ったまままっ赤になってしまいました。すると四郎が決心して云いました。

「ね。喰べよう。お喰べよ。僕は紺三郎さんが僕らを欺《だま》すなんて思わないよ」

そして二人は黍団子をみんな喰べました。そのおいしいことは頬《ほ》っぺたも落ちそうです。狐の学校生徒はもうあんまり悦《よろこ》んでみんな踊りあがってしまいました。

キックキックトントン、キックキックトントン。

「ひるはカンカン日のひかり

よるはツンツン月あかり、

たとえからだを、さかれても
狐の生徒はうそ云うな」
キック、キックトントン、キックキックトントントン。
「ひるはカンカン日のひかり
よるはツンツン月あかり
たとえこごえて倒れても
狐の生徒はぬすまない」
キックキックトントン、キックキックトントントン。
「ひるはカンカン日のひかり
よるはツンツン月あかり
たとえからだがちぎれても
狐の生徒はそねまない」

キックキックトントン、キックキックトントン。

四郎もかん子もあんまり嬉《うれ》しくて涙がこぼれました。

笛がピーとなりました。

『わなを軽べつすべからず』と大きな字がうつりそれが消えて絵がうつりました。狐のこん兵衛《べえ》がわなに左足をとられた景色です。

「狐《きつね》こんこん狐の子、去年狐のこん兵衛《べえ》が
　左の足をわなに入れ、こんこんばたばた
　　　　　　　　　　　　こんこんこん」

とみんなが歌いました。

四郎がそっとかん子に云いました。

「僕の作った歌だねい」

絵が消えて『火を軽べつすべからず』という字があらわれました。それも消えて絵がうつりました。狐のこん助が焼いたお魚を取ろうとしてしっぽに火がついた所です。

狐の生徒がみな叫びました。

「狐こんこん狐の子、去年狐のこん助が

焼いた魚を取ろとしておしりに火がつき

きゃんきゃんきゃん」

笛がピーと鳴り幕は明るくなって紺三郎が又出て来て云いました。

「みなさん。今晩の幻燈はこれでおしまいです。今夜みなさんは深く心に留めなければならないことがあります。それは狐のこしらえたものを賢いすこしも酔わない人間のお子さんが喰べて下すったという事です。そこでみなさんはこれからも、大人になってもうそをつかず人をそねまず私共狐の今迄《いままで》の悪い評判をすっかり無くしてしまうだろうと思います。閉会の辞です」

狐の生徒はみんな感動して両手をあげたりワーッと立ちあがりました。そしてキラキラ涙をこぼしたのです。

紺三郎が二人の前に来て、丁寧におじぎをして云いました。

「それでは。さようなら。今夜のご恩は決して忘れません」

二人もおじぎをしてうちの方へ帰りました。狐の生徒たちが追いかけて来て二人のふところやかくしにどんぐりだの栗だの青びかりの石だのを入れて、「そら、あげますよ」「そら、取って下さい」なんて云って風の様に逃げ帰って行きます。

紺三郎は笑って見ていました。

二人は森を出て野原を行きました。

その青白い雪の野原のまん中で三人の黒い影が向うから来るのを見ました。

それは迎いに来た兄さん達でした。

ざしき童子《ぼっこ》のはなし

ぼくらの方の、ざしき童子《ぼっこ》のはなしです。

あかるいひるま、みんなが山へはたらきに出て、こどもがふたり、庭であそんで居《お》りました。大きな家にたれも居ませんでしたから、そこらはしんとしています。

ところが家の、どこかのざしきで、ざわっざわっと箒《ほうき》の音がしたのです。

ふたりのこどもは、おたがい肩にしっかりと手を組みあって、こっそり行ってみましたが、どのざしきにもたれも居ず、刀の箱もひっそりとして、かきねの檜《ひのき》が、いよいよ青く見えるきり、たれもどこにも居ませんでした。

ざわっざわっと箒の音がきこえます。

とおくの百舌《もず》の声なのか、北上川の瀬の音か、どこかで豆を箕《み》にかけるのか、ふたりでいろいろ考えながら、だまって聴いてみましたが、やっぱりどれでもないようでした。

たしかにどこかで、ざわっざわっと箒の音がきこえたのです。

も一どこっそり、ざしきをのぞいてみましたが、どのざしきにもたれも居ず、ただお日さまの光ばかり、そこらいちめん、あかるく降って居りました。

こんなのがざしき童子です。

「大道めぐり、大道めぐり」

一生けん命、こう叫びながら、ちょうど十人の子供らが、両手をつないで円くなり、ぐるぐるぐるぐる、座敷のなかをまわっていました。どの子もみんな、そのうちのお振舞によばれて来たのです。

ぐるぐるぐるぐる、まわってあそんで居りました。

そしたらいつか、十一人になりました。

ひとりも知らない顔がなく、ひとりもおんなじ顔がなく、それでもやっぱり、どう数えても十一人だけ居りました。その増えた一人がざしきぼっこなのだぞと、大人が出てきて云いました。

けれどもたれが増えたのか、とにかくみんな、自分だけは、何だってざしきぼっこだないと、一生けん命眼を張って、きちんと座って居りました。

こんなのがざしきぼっこです。

それからまたこういうのです。

ある大きな本家では、いつも旧の八月のはじめに、如来さまのおまつりで分家の子供らをよぶのでしたが、ある年その中の一人の子が、はしかにかかってやすんでいました。

「如来さんの祭へ行くたい。如来さんの祭へ行くたい」と、その子は寝ていて、毎日毎日云《い》いました。

「祭延《の》ばすから早くよくなれ」本家のおばあさんが見舞に行って、その子の頭をなでて云いました。

その子は九月によくなりました。

そこでみんなはよばれました。ところがほかの子供らは、いままで祭を延ばされたり、鉛の兎《うさぎ》を見舞にとられたりしたので、何ともおもしろくなくてたまりませんでした。あいつのためにめにあった。もう今日は来ても、何たってあそばないて、と約束しました。

「おお、来たぞ、来たぞ」みんながざしきであそんでいたとき、にわかに一人が叫びました。

「ようし、かくれろ」みんなは次の、小さなざしきへかけ込みました。

そしたらどうです、そのざしきのまん中に、今やっと来たばかりの筈《はず》の、あのはしかをやんだ子が、まるっきり瘠《や》せて青ざめて、泣き出しそうな顔をして、新らしい熊《くま》のおもちゃを持って、きちんと座っていたのです。

「ざしきぼっこだ」一人が叫んで遁《に》げだしました。みんなもわあっと遁げました。ざしきぼっこは泣きました。

こんなのがざしきぼっこです。

また、北上川の朗明寺の淵《ふち》の渡し守が、ある日わたしに云いました。

「旧暦八月十七日の晩に、おらは酒のんで早く寝た。おおい、おおいと向うで呼んだ。起きて小屋から出てみたら、お月さまはちょうどおそらのてっぺんだ。おらは急いで舟だして、向うの岸に行ってみたらば、紋付を着て刀をさし、袴《はかま》をはいたきれいな子供だ。たった一人で、白緒のぞうりもはいていた。渡るかと云ったら、たのむと云った。子どもは乗った。舟がまん中ごろに来たとき、おらは見ないふりしてよく子供を見た。きちんと膝《ひざ》に手を置いて、そらを見ながら座っていた。

お前さん今からどこへ行く、どこから来たってきいたらば、子供はかあいい声で答えた。そこの笹田《ささだ》のうちに、ずいぶんながく居たけれど、もうあきたから外《ほか》へ行くよ。なぜあきたねってきいたらば、子供はだまってわらっていた。どこへ行くねってまたきいたらば更木《さらき》の斎藤《さいとう》へ行くよと云った。岸に着いたら子供はもう居ず、おらは小屋の入口にこしかけていた。夢だかなんだかわからない。けれどもきっと本当だ。それから笹田がおちぶれて、更木の斎藤では病気もすっかり直ったし、むすこも大学を終ったし、めきめき立派になったから」

こんなのがざしき童子《ぼっこ》です。

出典『宮澤賢治全集』（ちくま文庫）
童話作品については文字の表記は作品の原文を損なわない程度に現代仮名づかいに、一部旧字体を新字体に変えました。

朗読者と作品について

朗読……………長岡輝子（ながおかてるこ）

女優、演出家（一九〇八―二〇一〇）。岩手県盛岡生まれ。

両親は、キリスト教の精神に基づく教育者。二男六女の四番目に生まれ、幼年時代は、生粋《きっすい》の盛岡人の祖母のそばで過ごすことが多かったといいます。

上京して東洋英和女学校を卒業後、演劇の勉強のために二年間フランスへ留学、帰国後、学生演劇の演出家だった金杉惇郎さんと劇団テアトル・コメディを結成して結婚。しかし五年後に金杉さんが急死して、以後文学座に所属しました。

戦前、戦後を通じて舞台、映画、テレビに活躍して、芸術祭文部大臣賞、紀伊國屋演劇賞などを受賞しましたが、一九七一年に文学座を退座後「長岡輝子の会」を発足させて、以来、宮澤賢治の作品や聖書などの朗読をライフワークとしてきました。

長岡さんの耳と心には、いつもお国なまりで語りかけてくれた祖母の言葉が遺《のこ》されていて、それが故郷の詩人・宮澤賢治に惹かれるきっかけになったのです。

「美しい日本の心と言葉を残したい」、宮澤賢治作品の〝語り〟は、長岡さんの〈未来への伝言〉でもあります。

著書には『父からの贈りもの』『ふたりの夫からの贈りもの』『老いてなお、こころ愉しく美しく』（いずれも草思社）ほかがあります。

解説

入沢康夫

きびしい自然条件の中で苦しい生命の営みを続ける東北農民のために一生をささげた宮澤賢治は、その文学創造においては、風土性に深く根ざしながら同時に世界的（宇宙的）普遍性をもつ、未曾有《みぞう》の偉業を成し遂げました。

その賢治の傑作群の中からさらに選び抜かれた珠玉の作品を、聴くことのできますのは、ほんとうに幸せなこととおもいます。

さて、収録された作品について簡単に解説してみましょう。

「永訣の朝」

賢治の詩の中で、「雨ニモマケズ」とともに、もっとも広く知られ、愛誦されつづけている詩篇です。

大正十一（一九二二）年の十一月下旬、冷たいみぞれの降る日に、賢治の二歳下の妹で、かねて結核療養中だった、とし子（二十四歳、戸籍名トシ）が亡くなりました。この詩は、その朝の出来事を描いたもので、やがて詩集『春と修羅』に収められ、つぎの「無声慟哭」などとともに「肉親の死をあつかった詩としては、近代詩の中でも空前絶後の傑作群」をかたちづくっています。

とし子は、日本女子大出の才媛で、母校の県立花巻高女の教諭になりましたが、やがて発病し、一年あまりの闘病生活のあげくに、ついに力つきたのでした。

彼女は、浄土真宗を信仰する宮澤家にあって法華経を信ずる兄賢治の、ただ一人の理解者、共感者でした。

ここでは、書きだし近くの「まがつたてつぱうだまのやうに」とか「みぞれはびちょびちょ沈んでくる」といった表現からして、他の誰にも書けないオリジナルな表現に満ち満ちています。

「無声慟哭」

これも、妹とし子の死をめぐる詩群の一篇です。内容的には「永訣の朝」よりもさらに臨終の刻《とき》の近づいた生々しい緊迫感がみなぎっているとも言えましょう。三ヶ所にはめ込まれたとし子と母の方言の会話が、絶妙な効果を生み、作者の深い悲傷と懊悩《おうのう》をきわだたせています。

「曠原淑女」

賢治は、生涯にわたって、詩といわず童話といわず自分の作品に何度も何度も手入れをし書き直しをして、作品の形がもととはすっかり変ってしまうようなことも、少なくありません。

この詩もそうした作品の一つで、のちに手が加えられて、題名もなくなるので仮に一行目を採って「〔日脚がぼうとひろがれば〕」および「〔ふたりおんなじさういふ奇体な扮装で〕」と呼ばれる、二篇の詩に変身してしまいます。

ここに収録されているのは、そうした変身以前のある一段階のかたちで、「曠原淑女」の題も、この段階でだけ見られるものです。

岩手の山地の畑にかいがいしく働きに出て来た農家の娘二人の姿や仕草が、作者の目には「ウクライナの踊手」と二重写しになっています。草稿の日付は「一九二四・五・八」ですから、花巻農学校の教師だった頃の作品です。

「雨ニモマケズ」

あまりにも有名な「詩」ですが、これが質実剛健を奨める教訓的なスローガンであるかのように誤解されたまま、世に広まったおかげで、聖人君子的な賢治像を生み、そのいっぽうでは、説教がましいと頭から毛嫌いしてしまって、そのほかの詩や童話に近づかないでしまう人々が出ました。

しかし、これが書かれた事情を知れば、そうした理解は根拠のないものであることがわかってきます。

これが書かれていたのは、黒い革表紙の手帳です。賢治は、昭和六（一九三一）年秋に、当時小康を得て勤めていた東北砕石工場の販路拡張のため、重いサンプル入りのトランクを揚げて上京しますが、到着と同時に肺の疾患が悪化して、高熱を発し、宿屋から両親や兄弟に宛てて遺書を書きます。やがて無理をして花巻に戻り、最後の闘病生活に入りますが、ついに回復することなく、遺書を書いてちょうど二年目に当たる昭和八年九月二十一日に他界しました。黒革表紙の手帳は昭和六年秋の上京の前後に使っていたものですが、「雨ニモマケズ」は記されたページの冒頭に「11・3」という記入があるので、これが昭和六年十一月三日に書かれたものと判断されます。

つまりこれは、単なる自己修養のための言葉なのではなく、自分が病気のためにもはや再起不能であることを痛感した賢治が、あまりにも病弱な我が身を心から悔しく思い、せめて今度生まれてくるならばこんなふうに……という悲願をこめて綴った「祈り」の言葉だったのでした。

この事情を念頭において、今一度これを読み直し、聞き直してみて下さい。終わり近くの「ヒドリ」（という読み）は、作者が旱魃《かんばつ》の意味で「ヒデリ」と書こうとして書き誤ったもの。朗読は、賢治が書いた通りになされています。

「注文の多い料理店」

大正十三（一九二四）年に出版された同名の童話集に収められており、その目次には「1921・11・10」という日付が付されていることから言って、賢治童話の中では比較的早い時期に成立した作品です。作者自身の手になると考えられている「童話集広告文」中では、本篇について、「二人の青年紳士が猟に出て路を迷い《注文の多い料理店》に入りその途方もない経営者から却《かえ》って注文されていたはなし。糧《かて》に乏しい村のこどもらが都会文明と放恣《ほうし》な階級とに対する止むに止まれない反感です」と、説明されています。「注文の多い」という言葉の解釈の仕方を軸にした「どんでん返し」を、刻一刻、手に汗握る思いで味わわせてくれるブラック・ユーモアの傑作です。

「雪渡り」

これは賢治が生前にたった一回だけ原稿料をもらったことがあるという、まさにその作品で、雑誌「愛国婦人」の大正十（一九二一）年十二月号と翌年一月号にそれぞれ挿絵入りで連載されました（もらった原稿料は五円だったそうです）。ところが、作者名は二回とも「宮澤賢二」となっています。賢治がわざとそうした（ペンネームとして）のでしょうか。それとも単なる誤植でしょうか。

いちめんに積もった雪の表面が固く凍《い》てついた月明かりの野原。そこを舞台にした、四郎とかん子の兄妹ときつねの子らの心温まる友情交歓の物語は、連載各回の書きだし部分にみられるすばらしい自然描写とあいまって、初期作品ながら見事な完成度を示しています。

狐小学校の幻燈会は「十二歳以上は入場お断り」なのですが、私たちは、十二歳以上であっても、この作品のおかげで、その有様を覗き見することができるわけです（朗読されるテクストは、この発表形に賢治が後年若干の手入れをして整えた形にのっとっています）。

「ざしき童子《ぼっこ》のはなし」

この作品は、尾形亀之助編集の雑誌「月曜」の大正十五年二月号に発表されたもので、同じ雑誌の一月号には童話「オツベルと象」、三月号には「猫の事務所」が掲載されています。

岩手の民間伝承や民話から発想されたと見られる童話が、賢治には何篇もあります。この童話には四つの話が入っていますが、「ぼくらの方の……」という書き出しですが、どこまでが花巻近在の「座敷童子（ざしきわらし・ざしきぼっこ）」の民話そのままなのか、賢治の創作がどの程度加わっているのか、そうした点はまだ十分に研究がなされているとは言えません。
賢治は、柳田國男の『遠野物語』に材料を提供したことで有名な佐々木喜善とも親交があって、喜善もその著述の中で、賢治のこの作品のことにも触れていま す。

入沢康夫（いりさわ・やすお）
詩人、仏文学者。一九三一年松江市生まれ。東京大学大学院修了後、明治学院大学、東京工業大学を経て、二〇〇二年まで明治大学教授。『校本宮澤賢治全集』『新校本宮澤賢治全集』編纂委員。宮澤賢治学会イーハトーブセンター初代代表理事。同センター顧問。

賢治のふるさと

岩手県花巻市は賢治の故郷である。北上川と豊沢川に挟まれた静かで温もりを感じる城下町である。

三十七歳という短い生涯を閉じた賢治にとって、作品の主な舞台となったのはこの地花巻と、青春時代を過ごした盛岡であった。岩手県を賢治は「イーハトーヴ」と言い、自分の故郷をドリームランドと考えた。収録にあたって賢治の故郷ゆかりの地を訪ねてみた。

イギリス海岸

花巻市内上舟渡には「イギリス海岸」がある。北上川にかかる朝日橋から

賢治が学んだ旧森岡高等農林学校本館
（現／岩手大学農学部附属農業教育資料館）
撮影：鈴木守

少し上流の所で、川底に見える白い岩肌を見てイギリスのドーバー海峡に似ているように思った賢治が名付けた。作品「イギリス海岸」には、「夏休みの十五日の農場実習の間に、私どもがイギリス海岸とあだ名をつけて、二日か三日ごと、仕事が一きりつくたびに、よく遊びに行った処がありました。それは本とうは海岸ではなくて、いかにも海岸の風をした川の岸です。北上川の西岸でした……」とある。賢治が教えていた花巻農学校の前身、稗貫農学校はイギリス海岸に近かったこともあって、教え子たちをよくつれて遊んだという。この場所は賢治にとって実人生や理想について考える場所でもあった。

当時は近くに岩手軽便鉄道の小さな列車が走っており、その情景は「銀河鉄道の夜」の作品を生み出すイマジネーションの世界であったのだろう。

宮沢賢治記念館とポランの広場

イギリス海岸の東側に位置する矢沢の胡四王山の中腹には、一九八二年

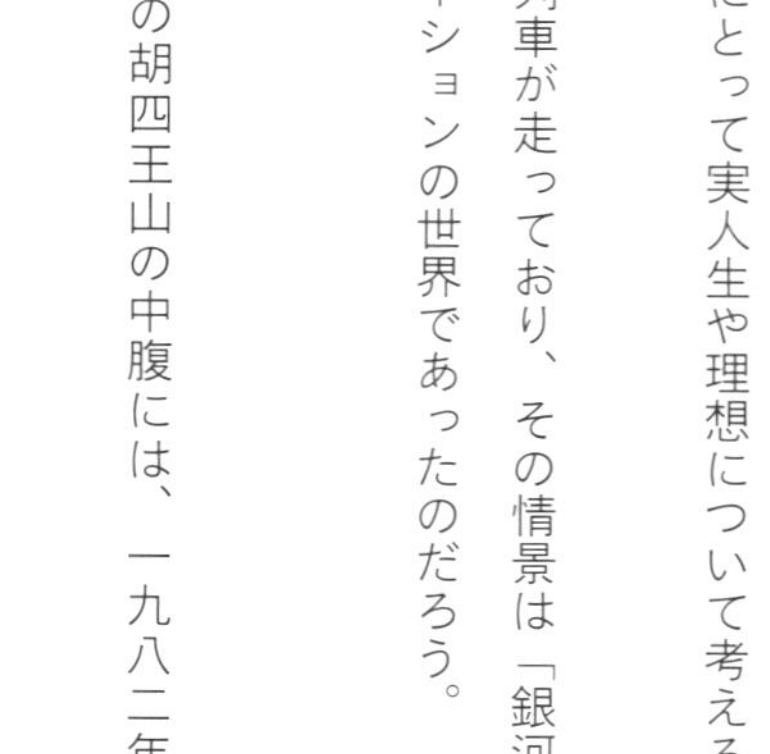
イギリス海岸

（昭和五十七年）に賢治没後五十年を記念して開館した宮澤賢治記念館がある。賢治の愛用したセロや蓄音機、鉱石採集に使った顕微鏡などの貴重な品々や、『注文の多い料理店』の初版本、病床で書いた「雨ニモマケズ」の手帳などが陳列されており、賢治とその作品を知るうえで必見の施設である。胡四王山は賢治が「経埋ムベキ山」といった山のひとつであるが、生前、散歩をかねてよく登り思索した場所でもあったと言う。この記念館からイーハトーブ館まで続く広場を「ポランの広場」といっているが、ここには羅須地人協会時代に考案、設計した南斜花壇や日時計花壇が再現されている。美しい花が咲く大きな日時計は科学の好きな賢治らしい設計となっている。

羅須地人協会

大正十五年に農学校を退職し、賢治は豊沢町の実家を出て郊外の下根子（現・桜町）の別宅で独居自炊の生活を始めた。この自宅を解放して同年八

賢治が設立した羅須地人協会　撮影：鈴木守

月には羅須地人協会を開設。建物は当時としてはたいへんハイカラであった。賢治三十歳の時であった。毎夜青年たちを集めて農業の指導やレコード・コンサート、楽団演奏の練習、童話の朗読などを始めたのである。賢治が詩や童話の創作活動に情熱を傾けたのはこのころであったという。協会の入口横には「下ノ畑ニ居リマス」と書かれた黒板がかかっており、教室にはオルガンや椅子が並べられている。この羅須地人協会は昭和四十四年に花巻農学校の敷地内に移築されている。

雨ニモマケズ詩碑

賢治は三十二歳で病床に伏したが、死後手帳から発見された「雨ニモマケズ」の詩碑は昭和十一年十一月二十一日、かつての桜町の住居跡である高台に建てられた。

詩碑は広々とした牧歌的な風景の中にある。詩の後半部分が刻まれており、書は親交のあった高村光太郎によるものである。詩碑の前に立ってこれ

羅須地人協会入口　撮影：鈴木守

を読むとき賢治の人間像がひしひしと伝わってくる。

命日の九月二十一日には「賢治祭」がこの碑の前で行われる。そこからははるか向うには、早池峰山がある。

花巻城趾

生家から歩いてすぐのところにある豊沢川で、賢治は子供のころよく遊んだという。「石こ賢さん」と言われるほど石に興味を持ち、この豊沢川の石をよく拾ったそうだ。北上川は大人になってから農学校の教員時代に生徒をつれて遊んだようだ。

生家からそう遠くない所に花巻城趾がある。平成六年には西御門が復元されたが、元々は二の丸、三の丸まであった立派な平城であった。この城趾によって二万石の城下町の風情を楽しむことができる。賢治の好きな場所のひとつでもあった。

宮沢賢治の墓とぎんどろ公園

花巻駅西側に位置する石神町の身照寺には賢治の墓がある。もともと浄土宗の菩提寺にあったが、賢治が熱心な法華経の信者であったことから後に父が日蓮宗の身照寺に移したという。

身照寺に接する若葉町のぎんどろ公園は、大正十年十二月に教職について いた花巻農学校の跡地。当時は校長を含め教員六人ぐらいの学校であったとか。

ぎんどろ（銀白楊）とは賢治が好きだった木の名前のことである。この公園の中央には「風の又三郎群像」や「高原」「早春」などの詩碑がある。

小岩井農場

賢治が二十歳の時、花巻から仙人峠まで鉄道が通じた。岩手軽便鉄道だ

旧岩手軽便鉄道、現 JR 釜石線

が、この鉄道を走る汽車の風景は賢治の作品の中にも描かれている。「岩手軽便鉄道の一月」などである。現在はＪＲ釜石線となっている。終点釜石への途中にある岩根橋駅から徒歩五分ぐらいのところに岩根橋がある。橋の上を疾走する夜汽車のイメージは「銀河鉄道の夜」の素材になったと言われる。

盛岡から雫石川沿いの国道は秋田方面へぬける道で、短篇詩「秋田街道」でも詩われている。

田沢湖線の小岩井駅からバスで二十分ぐらい行くと小岩井農場がある。賢治のころは雫石駅から馬車で農場まで行ったとか。その光景は長篇詩「小岩井農場」でも知ることができる。岩手山南麓にあるこの農場は岩手山を望む牧歌的な風景の中にある。この農場から詩「くらかけの雪」で有名な鞍掛山や多くの作品に出て来る岩手山系の山々を仰ぐことができる。農場の北には三八〇メートルの狼森がある。

作品「狼森と笊森、盗森」の中で「木の枝であんだ大きな笊が伏せてありました。……顔のまっかな山男が、あぐらをかいて座っていました。……」
とある笊森は、この狼森の北にある黒沢川沿いにある。黒沢川をさらに北上すると盗森がある。盗森をぬけると鞍掛山や岩手山が見える。

鞍掛山のことを賢治は詩「小岩井農場」で「くらかけ山の下あたりで／ゆつくり時間もほしいのだ／あすこなら空気もひどく明瞭で／樹でも艸でもみんな幻燈だ／……わたくしを款待するだらう」と、いつ来ても歓迎されるところだと言っている。

「ポラーノの広場」で賢治は「あのイーハトーヴォのすきとおった風、夏でも底に冷たさをもつ青いそら、うつくしい森で飾られたモリーオ市」と盛岡について表現している。賢治が青春時代を過ごした盛岡は、今もかわらぬ情景のままで静かなたたずまいをみせていた。

参考文献　『伝記文庫　宮沢賢治』馬場正男著（ポプラ社）／『宮澤賢治イーハトーヴ図誌』松田司郎著（平凡社）／『人と文学シリーズ　宮澤賢治』（学習研究社）

小岩井農場（写真提供：小岩井農牧株式会社）

宮澤賢治　生涯と作品

詩人、童話作家。

一八九六年（明治二九年）八月二七日、岩手県稗貫郡花巻町（現・花巻市）に長男として誕生した。

旧制盛岡中学校に学んだ後、盛岡高等農林学校へ入学。同人誌「アザリア」を創刊した。

盛岡高等農林学校の本科卒業後研究生となり、一九二〇年、二四歳で研究生を修了した。入学まもなく法華経に非常に興味を示し、のち入信するが、熱心な浄土真宗の信者である父と対立するようになる。妹トシが日本女子大を卒業し、花巻高等女学校の教師となった。

一九二一年（大正一〇年）二五歳で上京したが、妹の病により花巻に帰った。郡立稗貫農学校（現岩手県立花巻農業高校）の教諭となる。詩作のかたわら童話「雪渡り」を雑誌「愛国婦人」に発表、生前に稿料を得た唯一の作品といわれる。

一九二二年（大正一一年）一一月二七日妹トシ亡くなる（二四歳）。このことをテーマにした詩が「永訣の朝」「無声慟哭」である。

一九二三年（大正一二年）童話「やまなし」「氷河鼠の毛皮」を岩手毎日新聞に発表。

一九二四年、詩集『春と修羅』を東京で刊行。表紙には「心象スケッチ」とある。一部の詩壇から称賛され、これをきっかけとして、のちに草野心平、高村光太郎と交流はじまる。「どんぐりと山猫」「月夜のでんしんばしら」などの収録された童話集『注文の多い料理店』を刊行。

一九二六年（大正一五年、三〇歳）花巻農学校退職。羅須地人協会を設立し、音楽、文学、演劇などの芸術と肥料などの研究・講義をする生活を、有志や子供たちとともにはじめた。童話「オツベルと象」「猫の事務所」「ざしき童子のはなし」を雑誌に発表。

一九二八年「疾中詩篇」を書く。東京にでかけるが、帰省後発熱、急性肺炎となる。病床で一九三一年一一月「雨ニモマケズ」を書く。よく知られたこの作品は賢治が手帳に書き記したものである。その後恢復、砕石工場の技師として県内をまわる。童話に手をいれる作業をする。そのため賢治の作品には異稿が多い。

一九三二年（昭和七年、三六歳）病床に伏すが多くの詩・童話を創作。「グスコーブドリの伝記」発表。このころ、以前からの作品「銀河鉄道の夜」や「風の又三郎」などの推敲をおこなったとみられる。

一九三三年（昭和八年、三七歳）九月二一日午後一時三〇分永眠。花巻市の日蓮宗身照寺に墓地がある。この年には三陸で大地震があった。

参考文献

『新潮日本文学アルバム　宮澤賢治』（天沢退二郎著）

『日本の詩歌18　宮澤賢治』（中村稔解説、中央公論社）

音源
本書付属ＣＤは以下のＣＤ音源より本書のために再編集したものです。
「宮沢賢治の魅力　注文の多い料理店」KICG―3101
「宮沢賢治の魅力　鹿踊りのはじまり」KICG―3102
「宮沢賢治の魅力　雨ニモマケズ」　KICG―3103
「宮沢賢治の魅力　猫の事務所」　KICG―3104
いずれもキングレコード発行

＊朗読者により、作品の解釈によって表現に演出が含まれている場合がありますが、
いずれもすでに発行されている上記録音物の録音・発行時のものです。

CD 制作　キングレコード株式会社
竹中善郎
遠藤潤
浅野幸治
林　督
大槻淳
國貞五郎（CD「宮澤賢治の魅力」ブックレットより）
企画　山口ミルコ
編集　東京書籍株式会社（小島岳彦）
DTP　川端俊弘

朗読《ろうどく》CD付《つ》き名作文学《めいさくぶんがく》シリーズ　朗読《ろうどく》の時間《じかん》
宮澤《みやざわ》賢治《けんじ》

平成二十三年八月一日　第一刷発行

著　者　宮澤《みやざわ》賢治《けんじ》
朗　読　長岡輝子
発行者　川畑慈範
発行所　東京書籍株式会社
〒一一四―八五二四
東京都北区堀船二―一七―一
電話〇三（五三九〇）七五三一（営業）
〇三（五三九〇）七五〇七（編集）
印刷・製本　図書印刷株式会社

ISBN978-4-487-80591-4 C0095
http://www.tokyo-shoseki.co.jp